BAND 10 DER EDITION LYRIK KABINETT

Herausgegeben von Ursula Haeusgen,
Michael Krüger und Raoul Schrott

Rutger Kopland

DANK SEI DEN DINGEN

Ausgewählte Gedichte
1966–2006

Aus dem Niederländischen von
Mirko Bonné und Hendrik Rost

Mit einem Nachwort von
J. M. Coetzee

Carl Hanser Verlag

Ein Psalm

Die grüne Aue, das frische Wasser
auf der Tapete in meinem Zimmer
ich habe als ängstliches Kind
an Tapeten geglaubt

nachdem meine Mutter für mich gebetet
hatte und mir wieder einen Tag länger
vergeben wurde, blieb ich zurück
zwischen reglosen Pferden und Kühen
ein Findelkind in einer Welt
von Gras

jetzt da ich erneut durch Gottes Ländereien
gehen muss, ist mir der Rückweg
verwehrt, nur
eine kleine Hand in meiner
verkrampft sich, wenn die gewaltigen Leiber
des Viehs stöhnen und schnauben
vor Frieden.

Unter dem Apfelbaum

Ich kam nach Hause, es war
ungefähr acht und seltsam
mild für diese Zeit im Jahr,
die Gartenbank stand bereit
unter dem Apfelbaum

ich setzte mich und ich saß da
und sah, wie der Nachbar
noch in seinem Garten am Umgraben
war, die Nacht kam aus der Erde
ein blauer werdendes Licht hing
in dem Apfelbaum

und langsam wurde es wieder zu schön,
um wahr zu sein, die Dinge
des Tags verschwanden im Geruch
von Heu, es lag wieder Spielzeug
im Gras und weit weg im Haus
lachten die Kinder im Bad
bis zu mir, wo ich saß, bis
unter den Apfelbaum

und später hörte ich die Flügel
von Gänsen am Himmel,
hörte ich, wie still und leer
es wurde und war

zum Glück kam jemand und setzte sich
neben mich, um genau zu sein, du
warst es, die zu mir kam
unter den Apfelbaum, seltsam
mild und nah
für unser Alter.

Vogelbeeren

Die Dichtkunst ausüben heißt
mit der größtmöglichen Sorgfalt
konstatieren, dass beispielsweise
am frühen Morgen
die Vogelbeeren Tausende Tränen tragen
gleich einer Zeichnung aus der Kindheit
so rot und so viel.

Weggehen

Weggehen ist etwas anderes
als aus dem Haus schlüpfen
sachte die Tür ins Schloss ziehen
hinter dem, was du bist, und nicht
zurückkommen. Du bleibst
jemand, der erwartet wird.

Weggehen kannst du als eine Art
Bleiben beschreiben. Niemand
wartet, denn du bist noch da.
Niemand nimmt Abschied
denn du gehst nicht weg.

Fräulein A

Am 19. September, einem nebligen
Neunzehnten, trat Fräulein A
über die verkehrte Seite ihres
Schiffs Stets Zufrieden
in das Meppelerdiep.

Es war schon kalt, sie hatte
den Ofen nicht anmachen können,
ihre alte Mutter war gestorben,
alles rostete und knirschte, aus
der Kombüse waren Gott und
Sozialamt nicht zu erreichen.
Sie ging von Bord.

Herr K

Herr K ist jetzt endgültig in das Stift
gebracht worden, da er jede Nacht zu Mutter
wollte. Es half nicht mehr zu sagen,
dass Mutter vor 20 Jahren gestorben war,
5 Minuten später bestieg er doch das Mo-
ped und verschwand mit Vollgas im Dunkeln.

Herr K (51), sein Gesicht still vor Verkalkung,
weiß nichts mehr, nur gegen Ende des
Tags lächelt er, wenn er nach draußen schaut
und sieht, dass es schon dunkelt. Los, sagt er
dann, ich steig mal eben wieder auf.

Stillleben

Sie können nicht voneinander getrennt
werden. Geheimnisse sind unheilbar,
die Dunkelheit unter ihren Röcken,
die schäbige Hose bei ihrem Tod,
der Knopf, gefunden in seinem Taschentuch,
das saftlose Glied an seinem Leichnam.

Alter Mann, der mit dem Porträt lebt
einer alten Frau, alte Frau, die lebt
mit dem Porträt eines Mannes:
Wie sie in die Linse sahen.

Unsere Gasfabrik

Vater, du hast die schönste
Gasfabrik auf Erden
hinterlassen,

Schuppen mit Gleisen unter
den Türen durch, Schornsteine,
das Haus,

in dem wir wohnten. Farben von
Steinkohle und Steinkohlen-
Asche,

still und sommerlich mit Gras,
das blüht und alles über-
wuchert.

Ulumbo, ein Kater

Er hatte seine kleinen Bräuche
wie wir, aber eher
aus Gleichgültigkeit.

Er liebte im Winter
den Ofen, im Sommer die
Vögel.

Krank und so gleichgültig gegenüber
dem Tod wie auch uns.
Ganz für sich ging er ein.

Junger Salat

Alles kann ich ertragen,
das Verdorren von Bohnen,
sterbende Blumen, das Eckchen
Kartoffeln kann ich trockenen Auges
ausgegraben sehen, da bin ich
echt hart im Nehmen.

Aber junger Salat im September,
eben gepflanzt, schlaff noch,
in feuchten kleinen Beeten, nein.

Wann, wo?

Es ist Herbst und die Hunde vögeln wieder.
Es gibt keine Zärtlichkeit unter Hunden.

Sag etwas, sagt sie. Nur ein Kind kann
wissen, was ich fühle, ich bin kein Kind mehr.

Zärtlichkeit, das ist, sag ich, während ich ihre
Brüste fest in meine Hände nehme,

das ist die Antwort auf eine Frage, die nicht
gestellt wird. Der Geruch jedes Herbstes

meine ich, die Frage, wann, wo
war es und die Antwort darauf.

Ich rieche wieder dein Haar, wir sitzen
fummelnd auf einer Bank im Park.

Ich fühle, was ein Kind fühlt, wenn es sieht,
was wir tun. Was wir sagen, ist Unsinn.

Gegen das knarrende Gatter

So lehnten wir gegen das knarrende Gatter,
so aus der Welt wie Pferde.

Es war wieder Erde, Jauche und Soir de
Paris, ein Abend von wann und wo.

In mir tauchten vergessene Zeilen auf,
sacht auf Nacht reimende Ländereien,

aber du flüstertest: Hier, hier ist es
am besten, wo du jetzt bist, wo du jetzt

bist mit deinen Händen. So lagen wir auf
der Erde und beieinander, während das Gatter

knarrte unter den aufdringlichen Pferden.

Es ist kein Elend mehr unter den Menschen,
Bier und Gelächter bis tief in die Nacht.
Kummer ist für tragische Helden, folglich.

Nein, es gibt sehr viel Glück gegenwärtig,
vergessen sind die kranken Klassiker, die geheimen
Idyllen von Hermans, Lermontow, Céline.

»Wir hatten Freunde, die uns verrieten,
wir hatten Geliebte, die uns hassen, wir
haben ein kaltes Feuer in unserem Körper.«

So einfach ist das: Aus der Nacht kommt
niemand zurück. Unsere Träume sollen weichen
vor den Fakten, niemals andersrum, niemals andersrum.

Pferde waren weit weg, mit dieser Aussicht
musste ich auskommen, ich wusste nicht,
dass ich unter ihnen war und graste.

Jetzt, da ich wieder Pferd bin, ab und zu, wie jetzt auch,
ist mein Körper schwer und glücklich geworden von all
dem Gras. Es ist seltsam, zu sein, wie man ist,
ein Pferd, weit weg auf der Weide.

Sie hat mich gefragt, wie es unter den Menschen
war. Kein Mensch hat mich das je gefragt. Danke
dir, hab ich gesagt. Das war nicht, worum's ihr ging.

Ist es neblig, sehe ich ihren Kopf über dem Nebel,
wenn es regnet, schimmert sie, als würde ihr ganzer
Körper weinen, wenn die Sonne scheint,
wackelt sie mit dem Hintern. All dies
für mich, das seh ich sehr wohl.

Leg du dich, Liebste, doch mal in den Garten,
auf einen leeren Fleck im hohen Gras, ich hab
mir immer schon gewünscht, dass ich das wär,
ein leerer Fleck für einen, um zu bleiben.

Frühling, da alles so in mich zurückkehrt,
seh ich das Pferd auch wieder, es liegt da
mit ausgestreckten Beinen, so als wär es
tot, mit kleinen Rädern, und den grauen
viel zu dicken Bauch, wo eine Krähe
pickt, nach Haaren, Daunen für ihr Nest.

Sie wartet mit altem Tee und alten Händen,
ich liebe sie, bloß nicht mit viel

Durst und Heimweh. Liebe ist das Ende
eines sanften Tages, nur die rote

Luft bleibt übrig, die Sonne ist weg. Sie
wartet und mit der Dämmerung kommt der Kater.

Er drückt seinen kalten Rücken gegen ihre Hände,
nicht um ihretwillen, sondern wegen seines Fells.

G

G, ich schrieb ein Gedicht über dein Gesicht,
dass es so abwesend war, ich verglich es
mit Wasser, worin ich das Gesicht sah
eines Pferds, und als ich aufblickte,

war das andere Ufer verlassen. Ich verglich
es mit Wind, worin ich den Atem hörte
eines toten Hunds, und als ich lauschte,
war es so gottverlassen still im Haus.

Ich hab es verglichen, G, mit vielem
mehr, mehr als ich erinnere, aber
ich kann das Gedicht nicht mehr finden.

Es war nicht bloß Wasser, Wind,
du siehst mich noch, wenn ich nicht hinseh, du atmest,
wenn ich nicht lausche, liest, was ich nicht schreibe.

Ich habe es dir damals vorgelesen, G.
Die Fenster standen offen, auf der Terrasse
tranken die Freunde Limonade, der Apfelbaum
blühte. Ich hab dir vorgelesen

was ich wollte: weg, mit dir. Neben meinem Bett
ein wunderschöner Obstkorb. Keine Traube
nahmst du, kein Apfelsinlein, nein, nein,
die waren alle nur für mich, für mich

allein. Ich muss eingeschlafen sein,
die Fenster waren geschlossen, als wär
jemand dagewesen, der Wecker tickte,
der Mond schien auf das graue Obst.

Ich hab die vollgeschriebenen Blätter, von
denen ich vorlas, gefunden und zerrissen.

Als du mich dann endlich kennen solltest, sollte
ich weggehen, G, ich kann es nicht leiden, gekannt
zu werden von jemandem, den ich nicht
Und auch das solltest du wissen, auch das wieder,

sicher, besser als ich. Ich sollte dich vergessen,
aber von dir nicht vergessen werden. Schau,
ich kann es nicht leiden, weiter zu leben,
wo ich selbst nicht mehr bin, dein winterliches

Eden, mit deinem Baum voll Gedanken, aber ohne
Blatt, ohne Frucht, ohne Frau. Für mich

sollte es Sommer sein, mit warmer Heide, warmem
Sand und auf einem Handtuch ein warmes Mädchen,
das man lieben kann und dass es so
bleibt. Du solltest mich kennen und los sein.

Manchmal war es so heimelig zwischen uns, G, als
wir den Regen auf dem Dach hörten, als die Fenster
wirklich heulten, die Tiere seufzten im
Haus und eine Taube kommen sollte mit einem

Zweig im Schnabel. Als die Welt noch unterging,
weißt du das noch, dass du gesagt hast, dass es
nicht wirklich wahr sei oder dass wir es noch sehr
lang aufschieben könnten? Ja, manchmal war's so

Inzwischen ging die Welt nicht unter. Sicher,
der Regen rauschte aufs Dach, die Fenster heulten
zwar und auch seufzten im Haus
die Tiere, aber tatsächlich ist da
eine Taube gekommen, im Schnabel einen Zweig.

Wer soll der Freund sein von meiner Freundin,
der Herr meines Hunds, das Kind in meiner Jugend,
der Alte bei meinem Tod, wer soll das sein, wenn
ich es nicht bin? Du? Ach komm, du bist nichts

als zwei Augen, die sehen, was sie sehen, du
bist nichts als die Aussicht: Eine Sonne scheint,
ein Apfelbaum blüht, ein Stuhl steht da
im Gras; Freude, Kummer, was weißt du schon,

Aussicht. Aber wer soll meine Liebste grau und
krank werden lassen, dafür sorgen, dass der Hund
jault, das Kind weint und der Tod kommt? Wer
soll den Apfelbaum verkümmern lassen, den Stuhl
für immer stehen lassen im Regen? Irgendwer
wird ja zusehen müssen, dass alles vorbeigeht.

Das Leben mit dir, was für ein Leben war das. Jetzt
weiß ich's wieder, jetzt da meine Hände nach fremder
Hotelseife riechen, meine eigenen Hände, blättere ich
eine alte Love durch, überall Mösen und Brüste. Love.

Es ist Nacht, ich seh im Fenster nur dieses fremde
Zimmer, die Wiederholung im Fenster von der fremden
Decke, den bleichen Milchglasschirm, die Kordel
für das Licht, das Apfelbäumchen von van Gogh.

Hinter der Wand liegt jemand, der stöhnt und leise
schreit, G. Das war das Leben mit dir, so wie jetzt,
da niemand da ist, jetzt weiß ich's wieder. Love. Ich

lieg rücklings auf diesem fremden Bett und versuch's,
laut wieder zu sagen: Lass mich nicht allein. Aber ich
kann nicht, kann das, aus meinem Mund, nicht mehr hören.

Manchmal beim Sehen, beim Sehen von einer Reihe
Pappeln zum Beispiel, manchmal kann es sein,
dass ich seh, wie die Welt, oder beim Riechen,
beim Riechen von frisch gemähtem Gras kann es sein:

Es war Sommer, immer wieder Sommer, die Welt
war groß und ich lebte, aber mit der Idee,
dass es den Menschen nicht gibt. Ich schrieb Liebe G,
aber machte ein Feuer, aus meinen Briefen

ein Feuer. L G, wie geht es, wie geht es denn
mit mir, von der Erde ist wenig zu vermelden,
deine Pappelreihe steht leise schniefend da,
aber das geht wohl vorbei, das Gras liegt geduldig
im Sterben, es riecht stark nach dem grünen,
dem grünen Blut des Grases.
                                        Ich habe ein Feuer
gemacht, du findest, wenn du zurückkommst, Asche.

Es kommt von dem kalten Gras an den Füßen,
von dem kalten Schweiß des Grases, wo ich steh,
nur daher kommt das alles, ich will kein Glück,
und doch, ich spür, dass du tot bist, heut morgen.

Hier wollte ich bleiben, Limonade, einen Apfelbaum
wollte der Junge, und ein dickes Nachbarmädchen,
zum Küssen, zum Schlagen, dann liefe er nie, nie
mehr weg, echt nicht. Ob das geregelt werden konnte,

das war die Frage. Du hast nicht gesagt, warum nicht,
darum lief ich weg. Ich wollte nicht zurück, aber ich
kam doch, du hast nichts gesagt, bloß ein kleines Fest
im Garten, ein Fest, zum Trost, nicht meinetwegen.

Das Haus guckt mit schwarzen Pupillen in den Garten
und sieht mich. Wie würde es sein, zu Hause zu sein.

Die Tage mit dir, G, sie schmeckten sehr heftig
nach wenig, wie der Tag eines aufgeschobenen
Abschieds, wenn du allein sein willst und es nicht kannst,
der Geschmack von altem Brot und Resten Jenever.

Tage mit den Wörtern, die man sagt, wenn alles
gesagt ist. Morgen, dachte ich, wenn du weg bist,
werd ich dich lieben, werd ich das zerlesene
Briefchen lesen, in dem du sagtest, du kämst,

morgen will ich bestimmt wieder wissen, wie es war, als
ich das las. Wenn du weg bist. Aber du gingst nicht.

Ich wusste noch nicht, dass du ohne mich nicht
mehr da wärst, dass es dich gab durch mich. An

Tagen mit dir, G, hab ich gemurmelt wie ein Schachspieler,
mit nichts als seinem Brett, so heftig mit niemandem.

Winter von Breughel, der Hügel mit Jägern
und Hunden, zu ihren Füßen das Tal mit dem Dorf.
Beinahe da, aber ihre todmüde Haltung, ihr Stapfen
im Schnee, eine Heimkehr, aber beinahe so

langsam wie Stillstand. Zu ihren Füßen wächst
und wächst die Tiefe, weitet und öffnet sich,
bis die Landschaft verschwindet in einer Landschaft,
die da sein müsste, und da ist, aber nur

so wie ein Verlangen da ist.

Vor ihnen stößt ein pechschwarzer Vogel nieder. Ist es Spott
über den mühsamen Versuch der Rückkehr ins Leben
dort unten: die schlittschuhlaufenden Kinder auf dem Weiher,
die Bauernhöfe mit wartenden Frauen und Vieh?

Ein Pfeil unterwegs, und er lacht über sein Ziel.

Vater, ich sehe dein Gesicht wieder, Jahre
nach deinem Tod – beinahe ein Schatten
in diesem Raum, ein Schatten
weiß von der Hitze – einsamer
Stein im Himmel, die See.

Ein römischer Feldherrenkopf, kaputt
geschlagene Nase, aufgerissener Mund,
leere Augenhöhlen gerichtet
zur Sonne, in einer Wüste.

Beinahe ein Schrei noch wegen
dieses Todes.

Vater, dein Gesicht dort, so 'ne
Insel, wo noch nie jemand
gewohnt hat, wohin
nie jemand kommt.

Der Rücken eines Hundes, der schon weiß,
während du noch streichelst, dass du weggehst,
du streichelst ihn mal, er weiß wohl auch warum.

Das seh ich doch, wie langsam du wirst,
als ob du plötzlich sehr schwer geworden bist,
so sackst du unter meiner Hand weg.

Später! Später? Da liegst du schon
so still, wie ein Hund es kann,
in der Sonne.

Du streichelst, aber
aus seinem Rücken kommt
schon nichts mehr.

Gespräch

I

Die Geräusche von Güterzügen, die alten
Geschichten der Nacht, dass sie dich holen
kommen, dass sie dich mitnehmen werden,
aber was bleibt, ist nicht mehr als
das Rauschen, das wohl immer da ist,

oder das Grau einer windstillen See am
Abend, vielleicht ist darunter noch ein
ganz langsames Atmen, aber
das ist nicht zu sehen, ein Schlaf
so tief, so endgültig, so lang

wie du lebst, so was, sagt sie. Und ich, der
diese Gespräche nie wollte, nie
eine Antwort hatte, weil auch ich
keinen Namen weiß für das, was ich nicht
höre und nicht sehe, aber mich jetzt

an ihren Körper schmiege, ich denk an sie
wie an ein Kind, das kein Kind mehr
ist, an die alten Geräusche der
Nacht, die Farbe der alten
Sommer an der See.

II

Oder dass sie nichts sagt, sondern bloß schweigt.
Es ist wahr, weiter und weiter weg verschwinden
die sanften Güterzüge in der Nacht,
sie kamen mich holen, ich ging nicht, ich lausche
weiter, bis ich nichts mehr höre.

Dass sie totenstill ist, es ist als ob sie schläft.
Ich seh sie da liegen, und tatsächlich lebt in
ihrem Körper das Geheimnis der Dünung
einer windstillen See. Ich schaue
weiter, bis ich nichts mehr seh.

Es ist, sag ich, und denk, es ist nicht.
Die Worte, mit denen ich sage: Es war einmal
eine Zeit und die ist nun vorbei, es ist
ein Ort und auch der ist verlassen,
sie sind ein Trost, aber warum.

Nicht wegen dem, was war, sondern wegen später:
Ich höre, aber die Stille danach,
ich sehe, aber was nicht mehr ist,
ich denke, aber woran.

In den Bergen

I

Das gibt es, beinahe zu Tränen gerührt sein,
dann wenn deine Augen einer Spur folgen,
einen Hang hinunter sinken und
sinken und landen
in einem Weiler,
verlassen.

Die Reglosigkeit.

II

Bereits so fern, dass du nicht mehr weißt,
ob die Steine auf den Hängen noch
Schafe sind, eine langsam
aufwärts rollende Lawine,
oder schon Steine,

dass du nicht weißt, was bleibt.

III

Wenn du siehst, was übrig bleibt, folgst du
einem Vogel, wie er schwebt, kurz
trudelt, fällt, mit den Flügeln schlägt,
wieder Wind findet und
steigt, steigt,

nicht mal der Punkt in der Luft,
durch den er verschwand.

IV

Den Gedanken eines vollkommen offenen
Endes, dass etwas aufhört, noch
bevor es endet,
verschwindet, bevor es
weg ist, liegt, bevor
es liegt,

den gibt es.

Drentsche Aa

I

Morgens am Fluss, morgens, wenn
er noch abzuwägen scheint,
wohin er an diesem Tag
wieder gehen soll,

ob er dieselben heftigen Bewegungen
machen soll wie immer
oder nicht mehr,

oder ist dieses ewige Zögern
die leere Gebärde von jemandem,
der schon nicht mehr existiert

und sich abgefunden hat

mit dem, was er ist, zwischen seinen Ufern,
in der sinnlosen Spur,
die er grub.

II

Als ob er aufs neue beginnen wollte,
so rastlos wirken seine Bewegungen,
als ob er zurück könnte

in das Land seiner Herkunft,
in seine dämmrige Vergangenheit hinein

und dann hier wieder zur Ruhe kommen,

aber er ist still zwischen
seinen Ufern, und auch
seine Ufer sind still.

III

Als ob er weiter gehen sollte
als hierher und es da eine Bestimmung geben sollte,
irgendwo einen Platz, wo er
noch nie gewesen ist

und er dorthin gelangen könnte,

aber dort, in der Ferne
ist er bereits – derselbe
wie hier.

IV

Morgen am Fluss,
morgen, wenn er endlich
nichts weiter sein wird
als der Fluss.

Auszug von Töchtern

Sie mussten tatsächlich gehen, ich hatte es gesehen
an ihren Gesichtern, die sich langsam wandelten
von denen von Kindern in die von Freunden,
von denen von früher in die von jetzt.

Und gespürt und gerochen, als sie mich küssten,
ihre Haut und ihr Haar, die nicht mehr für mich
bestimmt waren, nicht so wie früher,
als wir noch Zeit hatten.

Es war in unserem Haus eine Welt des Sehnens,
Glücks, Schmerzes und Kummers gewachsen, in ihren
Zimmern, wo sie ansammelten, was sie
mitnehmen sollten, ihre Erinnerungen.

Jetzt da sie weg sind, schau ich aus ihren Fenstern und seh
genau die gleiche Aussicht, genau die
gleiche Welt von vor zwanzig Jahren,
als ich herkam, um hier zu wohnen.

Florenz: I cavalli di Leonardo

Alle die Skizzen, die er hinterließ –

endlose Reihen von Wiederholungen: Muskelstränge, Sehnen,
Knochen, Gelenke, die gesamte Maschinerie
aus Treibriemen und Hebeln, womit
ein Pferd sich bewegt,

und aus Tausenden haarfeinen Linien fast unsichtbar
sacht im Papier verschwindende Haut
der Ohrmuscheln, Augenlider, Nasenflügel,
Haut der Seele –

er muss herauszufinden versucht haben, wie ein Pferd
gemacht wird, und gesehen haben,
es konnte nicht sein,

wie das Geheimnis eines Pferds sich ausdehnte
unter seinem Zeichenstift.

Machte die prachtvollsten Abbildungen, besah sie,
verwarf sie.

Regen und Wind

I

Als ob es das Haus nicht mehr gibt

– wenn ein Kind weinte, sie nahm es
auf und schmiegte es an ihre Haut
und summte und knurrte, ihr ganzer
Körper wusste, was tun, wie
es still wird. Dann war
das Kind still –

so von selbst umgibt es uns, wir
haben vergessen, wie es uns aufnahm
aus Regen und Wind.

II

Als ob es das Haus nicht mehr gibt

– als er starb, er legte sich
in dieses Zimmer, in dieses Bett, hier
lauschte er dem Summen und Knurren
dieses Hauses, denselben Geräuschen,
die auch wir hören, jetzt noch. Dann
wurde das Haus still –

so von selbst lässt es uns schließlich los,
gibt es uns zurück, sind wir vergessen
in Regen und Wind.

Ein Nachmittag auf dem Land

Wir besuchten ihn – ein Nachmittag, wie er
jedes Mal wieder entsteht aus einer zerlesenen Seite
von Tschechow, ein behäbiger Nachmittag auf dem Land.

Er führte uns durch das alte, geduldige Haus,
den Garten mit den alten, geduldigen Äpfeln und Birnen,
den Fluss entlang, hinein in die Weiden.

Dort standen wir, er im edlen Zwirn,
mit Seidenfoulard, seiner Zigarre, Herr
von Welt, zwischen den Butterblumen.

Langsam, sagte er, später im Schatten
der Bäume auf der Terrasse, begreife ich,
dass dies mein Haus ist, mein Garten, endgültig.

Stille, warm und sommerlich, Geruch von Heu
und Gräben, Geräusch von Kühen, rupfend
am Gras, von ungestüm singenden Vögeln,

ein Nachmittag, so endgültig wie eine Buchseite.

Porträt

I

Je länger es dauert, je länger
du lieb hast, aber was hast du
lieb, verwandelt es sich
immer mehr in immer mehr
sich selbst, so sehr in sich selbst,
dass es stirbt.

So einsam wirst du werden mit Liebe
wie mit einer Landschaft,
die langsam winterlich wird,
immer mehr zu immer mehr
der einen Radierung.

In deinem Gesicht noch das Gesicht,
das spürt, wie warm Atem ist,
eh er abkühlt zu Nebel.

In deiner Hand noch die Hand, die erzählt,
dass du da bist, bis sie sich
zurückzieht in deine Hand.

II

Jetzt da es da liegt, so in sich selbst
gekehrt, so sichtbar,
ich weiß wohl, du bist das nicht mehr,
aber was mach ich,
es liegt da und
ich hab es lieb,

lieb jetzt, wie eine Landschaft im Winter,
wie sie sich schließlich zeigt
in der letzten Radierung
von sich selbst, was weg musste,
ist weg.

In deinem Gesicht kein Gesicht mehr, es ist
weiß wie Gras irgendwo da draußen,
eingeschlafen und überfroren mit Nebel.

Und die Hand, die erzählte, dass du da warst,
ist verschwunden in der Hand, die da
liegt und keine mehr ist.

Porträt mit Spargel

Und darunter, auf einem gestärkten Tuch,
auch einige Spargel, angerichtet als
Erinnerungen an eine Hand.

Sie sind das Stillste und Weißeste
in diesem Porträt, so wie eine Hand
es nie hätte sein können.

Porträt mit Hund

Dieser Hund und ich. Er hat sich
zurückgezogen in sich selbst, und ich

– ich habe meine Hand auf seinen Rücken
gelegt, seine Haut runzelte sich,
ich habe ihn angesehen und er
sah auf in mein Gesicht, als ob
er etwas suchte aus meinem Mund,
ich habe etwas gemurmelt und
er legte sich hin, seufzte
und schlief ein –

ich muss etwas gewesen sein in
dieser Hand, dem Gesicht, diesem Mund,

etwas, das ich gekannt habe, aber jetzt
verborgen ist in ihm, diesem Hund.

Pferde

Ihre scheuenden Köpfe im Nebel,
hätte ich nicht gewusst, wer sie waren,

ich hätte gedacht, dass es nicht mehr
war als der Traum vom Beieinander-

sein auf einer Weide im Winter,
aber ich wusste es, ich kannte sie.

Aus einer Vergangenheit gekommen,
zögerten sie und kehrten dahin zurück.

Dank der Dinge

I

Der Morgen, da die Dinge wieder aufwachen,
flaches Licht scheint auf aus dem
Mahagoni, Tafelsilber, Porzellan,

das Brot beginnt wieder nach Brot zu riechen,
die geblümte Teekanne nach Tee
und die Luft nach alten Menschen,

worauf im totenstillen Zimmer ein Murmeln
beginnt, Herr, segne auch diesen
Tag, in Ewigkeit, Amen.

II

Der Nachmittag, an dem die Dinge wieder gemeinsam
dieser Nachmittag werden, Lichtflecken wie Falter
tanzen werden in weißen, wehenden Gardinen,

die Obstschale wieder nach ihren Früchten duftet,
der Stuhl nach Rohr, der Strauß in der Vase
nach Flieder, der Blumentopf nach Erde,

worauf im totenstillen Wintergarten Stricknadeln
zu klappern beginnen, die Zeitung wieder raschelt,
das Gartentor quietscht, der Kies sachte knirscht.

III

Der Abend, an dem es die Dinge wieder verlangt
zu verschwinden, der rote Teppich, die braunen
samtenen Gardinen nach Dunkelheit verlangen,

die Pfeife im Aschenbecher wieder nach Rauch riecht,
die Banane nach ihrem Fruchtfleisch, die Milch
nach der dampfenden Milch vorm Schlafen,

woraufhin in der totenstillen Stube das WOrt
wieder gehört wird, das BUch zugeschlagen wird,
es wieder geschwiegen wird und die Pendeluhr tickt.

IV

Die Nacht, in der die Dinge wieder Schatten
werden ihrer selbst,

das Zimmer wieder nach frischen Laken riecht,
altem Holz und Lavendel,

worauf das totenstille Fenster wieder atmet
mit schlafenden Wipfeln im Wind.

V

Der Moment, in dem, nenn ihn
einen Morgen, einen Mittag,
einen Abend, eine Nacht,

in dem die Dinge wieder beginnen,
nenn es ein Haus, in dem Licht,
Gerüche und Geräusche kommen
und gehen,

aber es ist der Tod, der nach Wörtern
sucht für den Moment, in dem
ich, und was er auch sagt,
ich bin es.

Belvedère

Ich weiß wohl, dass das Wälder sind,
Flüsse, Wiesen, Dörfer, und dass
ich sie liebe, ich weiß das,

aber stets mehr so wie jetzt, so wie
ein Vogel sein Nest liebt,

nicht für immer. Ich seh deine dürren
Finger auf dem Geländer, den grauen
Federflaum flattern an deiner Schläfe,
die Krähenfüße in deinem Augwinkel,

Liebling, siehst du, wie reglos und fern
die Welt jetzt ist, wie sich nur noch
die Schatten der Wolken bewegen,

spürst du, wie du nur noch den Wind
spürst. Es kommt eine Zeit und wir
sind wieder Vögel, wie früher,

zur Zeit, als wir noch nicht da waren.

Mensch und Schaf

Die Menschen denken, dass wir hier in der Ferne
eine Herde Schafe sind – lass sie nur denken, dabei

sind wir nicht mal wir, wir haben keine Wörter
für unsereins, wir leben noch in der Zeit davor,

als der Mensch noch Schaf war, als nur
Gras sprach, Luft las, Wasser schrieb.

Selbstporträt als Pferd

Als ich noch ein Pferd war auf einer Weide

ich muss in seinem Körper gewohnt haben
in seinen Augen gesehen haben, was es sah

dass das Leben niemals beginnen, niemals
aufhören würde, noch sich wiederholen

ich muss seinen Körper verlassen haben und
meine Erinnerungen müssen zurückgeblieben sein

Sie stehen am Gatter einer Weide
auf der anderen Seite steht ein Pferd

sehen Sie es an – es wird Sie ansehen

Brief

Heute sollte ich dir einen Brief schreiben
einen Brief, in dem ich etwas verstehen wollte

aber ich tat das nicht, es ging zu langsam
ich schrieb und ich sah zu meiner Hand

wie die Hand langsam Wörter aufzeichnete

es entstand in dieser Handschrift so etwas wie
ein Haus – ich wollte wissen, worin wir wohnten

um das zu verstehen, sollte ich einen Brief schreiben
aber ich sah bloß die vorsichtigen Wörter

die ich aufzeichnete, bevor ich sie verstand

Ein Garten am Abend

Es passieren Dinge hier und ich bin der einzige
der weiß, welche

ich werde sie aufzählen und auch sagen, warum

da steht eine alte Gartenbank unter dem Apfelbaum
da liegt ein alter Fußball im Gras
da kommen alte Geräusche aus dem Haus
da ist altes Licht in der Luft

das passiert hier: ein Garten am Abend

und was man nicht hört und nicht sieht – die Stellen
wo wir Löcher gruben und
sie weinend zuschaufelten

ich erzähle das, weil ich nicht allein sein will
bevor ich es bin

Karte von einer griechischen Insel

Herman, ich hatte dir noch eine Karte schreiben wollen,
eine dieser dämlichen Ansichten, darauf so ein Witz
über, na ja, du weißt schon, worüber,

aber ich hörte, dass du bereits tot warst,
bevor mir ein Witz einfiel.

Ich lebe noch, unser Gespräch ist nicht zu Ende,
aber ich lebe diese letzten Tage gebeugt, über Wörter,
die ich durchstreiche, wieder aufschreibe –

Wo waren wir gerade, wo
waren wir stehengeblieben, ohne den Tod zu erwarten,
schreibt man keine Dichtung, da waren wir
von Herzen einer Meinung,

Dichtung war Glück, das Glück, ein paar Wörter
zu finden, die einen Moment zusammengehören wollten,
bevor der Tod uns holen kam,

ein Witz, ein sorgsam verschwiegener Witz
über den Tod, dieses Durchstreichen und wieder Aufschreiben,
so war Dichtung.

Also soll ich dich nie wiedersehen.

Ich lebe diese letzten Tage gebeugt, ehe dies alles,
ehe der verlegene Körper, der wehmütige Kopf,
mit denen du sprachst, ehe das alles
lebendig begraben wird,

ich meine, ich lebe hier gebeugt über diese Karte,
du weißt schon, so ’n viel zu blaues Meer,

so ’n viel zu blauer Himmel:
Happy days in Greece.

Für Herman de Coninck

Probleme ohne Ende

Man sollte das Wort Problem vermeiden
aus zwei einfachen Gründen:

Es gibt ohne Ende Beispiele für Probleme
die keine sind – darauf komme ich noch zurück

es gibt ebenfalls ohne Ende Beispiele für Probleme
die zwar welche sind, doch nicht so genannt werden –
auch darauf komme ich zurück.

Alle Geschehnisse beispielsweise, ja alle,
um uns und in uns, sie sind geschehen
und man fragt sich, warum.

Verzeih, darauf kann ich nur antworten: Warum nicht?

Denn alle Geschehnisse sind Ausnahmen von
all den Regeln, laut denen sie nicht geschehen sind.

Es ist also besser, das Wort Problem nicht zu benutzen
da die Probleme, die es gibt und die es nicht gibt,
dieselben sind.

Ich könnte so weitermachen, bis ich aufhöre.

Davor spricht vieles, danach nichts.

Was ist Glück?

Weil das Glück eine Erinnerung ist,
gibt es das Glück, weil gleichzeitig
das Umgekehrte der Fall ist,

ich meine: Weil das Glück uns
an das Glück erinnert, verfolgt es
uns und darum fliehen wir davor

und umgekehrt, ich meine: dass wir
das Glück suchen, weil es sich
verbirgt in unserer Erinnerung und

umgekehrt, ich meine: Das Glück muss
irgendwo und -wann mal sein, weil wir uns
daran erinnern und es sich erinnert an uns.

Meine Heimat Twente

Ich weiß nicht, ob sie etwas bedeuten
die zahllosen Zufälligkeiten.

So kam ich beispielsweise irgendwo zur Welt
aber warum ich und warum dort
wie endlos klein war die Chance
dass da geschah, was da geschah

bedenkt man die endlose Anzahl
Menschen, die diese Erde nie und nirgends
sehen werden. Und überdies:

der zufällige Mann und die zufällige Frau.

Sie haben mir erzählt, wer ich war
und wo sie mich gefunden hatten
das bist du, sagten sie, hier bist du.

Meine Herkunft ist zu rätselhaft
um sie zu beschreiben, zu selbstverständlich
für mehr Erklärungen als diese:
Ich bin, weil ich da bin.

Ich lese im Buch der Psalmen
und erinnere mich, wie schön Twente ist.

Es muss einen zufälligen Gott geben.

Zeit

Zeit – wie seltsam, wie seltsam schön auch
nie wissen zu können, was sie ist

und doch, wie viel von dem, was in uns lebt, ist älter
als wir, wie viel davon wird uns überleben

so wie ein neugeborenes Kind blickt, als blickte es
auf etwas in sich selbst, etwas sieht dort
was man ihm mitgab

so wie Rembrandt blickt auf den letzten Porträts
von sich selbst, als würde er sehen, wohin er gehen wird
eine Ferne jenseits unserer Augen

wie seltsam, aber auch seltsam schön zu bedenken
dass einmal niemand mehr wissen wird
dass wir gelebt haben

zu bedenken, wie wir leben, jetzt und hier
aber auch, wie nichtig unser Leben wäre ohne
die Echos aus den unbekannten Tiefen in unserem Kopf

nicht die Zeit geht vorbei, sondern du und ich
außerhalb unserer Gedanken ist keine Zeit

wir standen diesen Sommer am Rand eines Tals
rings um uns allein Wind

Das Auswählen einer Ansichtskarte

Auf der Ansichtskarte stehen ein paar Männer
sie spielen Pétanque unter einer Platane
zu Füßen die Kugeln, die sie geworfen haben

sie haben das Spiel unterbrochen und denken nach
sie stehen im Kreis, die Köpfe gebeugt
über das, was dort liegt

da liegt ein Problem
so haben die Kugeln noch nie gelegen

ich kann weiter diese Karte betrachten
es ist wohl fast Abend dort, die Schatten
sind lang, das Ende eines warmen Tages

und während sich dort nichts rührt
wächst unsichtbar langsam eine Frage
die Frage: was nun

ich würde dir diese Karte gern schicken

Über das Verlangen nach einer Zigarette

Kennst du das Verlangen nach einer Zigarette
nach der glücklichen Zeit, als du noch geraucht hast?

Niemand versteht dieses Verlangen außer mir.

Ich erinnere mich an eine, die immer,
wenn ich was sagte, das sie nicht verstand,
antwortete: hört sich ganz interessant an.

Und ich erinnere mich auch, dass ich dann
den Spruch wieder und wieder
in meinem Kopf wiederholen musste:
hört sich ganz interessant an,
bis die Bedeutung verpufft war.

Gott kann unergründliche Dinge mit uns tun
dank der Tatsache, dass er nicht existiert

und so können auch unergründliche Dinge
behauptet werden dank der Tatsache,
dass sie gar nichts bedeuten.

Seit mir das klar ist, verstehe ich viel mehr.

Das Verlangen nach einer Zigarette ist
das Verlangen selbst.

Klaas Gubbels

Wie ein Tisch sich zum Beispiel verwandelt
in ein Gemälde.

Es geht ums Sehen, sagt Klaas
mehr schauen, weniger malen.

Zurückgehen, bis du denkst: verdammt.

Wenn du lang genug schaust, siehst du
jeden Tisch zum ersten Mal.

Toter Hund

Ich hab den Hund sterben lassen – da lag sie
und ich dachte: Wo geht sie nun hin, wo
soll sie bleiben. Um den Tod zu begreifen.

Der Körper wird wohl als ein Nest betrachtet
die befristete Bleibe eines unsichtbaren
Vogels – eines Abgesandten der Ewigkeit.

So sehe ich es nicht. Und doch, als der Hund starb
woran lag es denn, dass ich genau wusste, sie stirbt
als würde ihr Körper von etwas verlassen werden.

Ich kann's nicht anders sehen, als dass der tote Hund
noch lebt und nach mir fragt, so stark ist
die Erinnerung, stärker als ich.

Doch was mich liebte ist weg, ich grabe ein Loch
lege was übrig blieb hinein und schütte es zu.

Der Hund ist nirgends mehr, jeden Tag.

Die Chemie der Seele

Schon die ältesten Gelehrten dachten, dass
wir von der Seele bewohnt werden

irgendwie sollte unser Leib sein, was
er war, aber es gleichzeitig auch nicht sein
etwas unvorstellbar Anderes

exakte Wissenschaft hat nun gezeigt,
dass dies tatsächlich so ist

mit den schönsten Maschinen wurde gezeigt,
wo und wann unsere Moleküle sich verändern
in etwas so Flüchtiges wie beispielsweise
eine glückliche Erinnerung

und wo und wann diese Erinnerung
wieder in den Molekülen verschwindet
an derselben Stelle im selben Moment

und jawohl: Die Bildschirme blieben leer
und die Drucker schwiegen – deutlicheren
Beweis gibt es nicht.

Muttersprache

Vielleicht schläft noch etwas tief in deinem Kopf
etwas von der Sprache deiner Mutter

denn Sprache kann schlafen – du versuchst dir vorzustellen
was du träumtest, während der Traum bereits verblasst
in einem stetig dunkler werdenden Zwielicht noch
bevor du die Wörter dafür wiederfindest

bei dem Wort Muttersprache sehe ich ein altes Foto
ein schummriges Schlafzimmer und in dem Bett
eine junge Frau mit einem Neugeborenen
in ihrem Schoß – meine Mutter und ich

sie beugt sich über mich und ihr Gesicht ist
nachdenklich, als ob sie sich fragt, wer ich bin,
mich sucht und sucht nach Wörtern für mich

ich erinnere mich an nichts, was sie gesagt hat, aber
das ist vielleicht die Sprache deiner Mutter
schlafende Klänge in deinem Kopf

Was Wasser zurückließ

Ein Aquarell von van Hoogdalem
im Moment, wenn du es siehst, weißt du
warum der Maler es machte
so gehört es

ein Interieur mit ein paar Dingen
man kann sehen, dass er diese Szene liebte
nicht der sogenannten Schönheit wegen
sondern wegen der Zufälligkeit

das Fenster, die Wand, der Tisch, die Stühle
der Boden – sie kennen kein Verlangen
zusammenzugehören

aber was sie für einen Moment eint, ist
ein flaches Licht, das zum Fenster hereinströmt
und mit allen Rottönen alles überspült

man kann sehen, dass er das Papier durchtränkte
mit Wasser – Wasser, das jetzt verdunstet ist
und die Dinge zurückließ, so wie sie
da waren, in dem Licht

Die Frage, wer sie ist

Inzwischen wohnt sie schon so lange in meinem Kopf
und schon beinahe überall – aber wer sie ist

eine sinnlose Frage, du suchst in deinen Erinnerungen
nach etwas Unvorstellbarem, ich weiß, aber
auch sinnlose Fragen bitten um Antwort

eigentlich ist sie noch immer die junge Frau,
die ich damals zufällig irgendwo traf
– aber wer sie ist – in meinem Kopf
finde ich sie nicht wieder

es gibt Momente, da weiß ich plötzlich wieder,
dass der Mensch einsam ist, auch ich

und dass ich sie dort sehe und denke: sie da
das ist sie, so sichtbar, so sterblich

Die Stimme eines Cellos

Woran der Klang eines Cellos denken lässt

der Cellist Widlund sagte mir, es wohne
etwas in dem Instrument – eine Stimme
eine uralte Stimme, nach der du suchst,
wenn du spielst, und die du erkennst,
wenn du sie findest

mir schien das der Grund, warum ich an die ältesten
Klänge denken muss, die ich kenne, etwa
Summen, Singen, Ächzen, Weinen

und auch an die Farben eines Waldes im Herbst
als hörtest du die Sehnsucht des Cellos
nach seiner Herkunft

Der Gott in meinem Gehirn

Als ich schon fast aufgewacht war, erinnerte ich mich,
dass ich in dieser Nacht in der Vergangenheit gelebt hatte
und ohne die geringste Verblüffung wieder
geglaubt hatte, dass es Gott gibt

ich wollte endlich einmal mit ihm reden
er ist ein so freundlicher Herr, sagte jemand
du kannst ihn ruhig mal anrufen

ich rief an und eine Stimme erklang, eine sehr liebe Stimme,
so dass ich mir eine liebe geflügelte Frau vorstellte
so wie man sie auf Glückwunschkarten sieht

wollen Sie Gott, sagte die Stimme, wählen Sie die Eins
wollen Sie Gott nicht, dann wählen Sie nicht
ich wählte die Eins

und dieselbe geflügelte Frau sagte: Da ist noch
ein Wartender vor Ihnen und der eine sind Sie

ich erinnerte mich, dass ich darüber endlos
nachdenken musste, bis ich aufwachte und Gott wieder
verschwunden war, irgendwo in meinem Gehirn

Seine Briefe

Dies sind seine Briefe, sie riechen nach
altem Papier, die Tinte ist grau

ja, so war seine Handschrift, so sahen
seine Briefe immer aus, das war er

schreiben ist herausfinden, was in dir lebt
auf diesem Papier hat er das probiert

schreiben ist lesen, ein Versuch zu lesen
was ein Anderer liest – der Andere war ich

dies ist, was er mit seiner Hand machte, diese
Buchstaben, sie sind so sehr von ihm, dass er

zurückkehrt – er ist wieder da mit seinem Gesicht
seiner Stimme, seinen Händen, einem Glas, einer Zigarette

und zugleich ist es nichts weiter als
Papier, das verstaubt, Tinte, die verblasst

Obstgarten

Wörter wissen von sich selbst nicht, wozu sie
gemacht sind – und so ist es mit allem auf der Welt
nichts weiß, wozu es da ist
und auch wir wissen es nicht

ich schau aus dem Fenster in den Obstgarten und seh, wie
Wörter für Vögel, Bäume, Gras, für das, was dort ist
dort nichts bedeuten und auch der Obstgarten selbst
hat keine Bedeutung

in meinem Kopf sucht jemand nach Wörtern für
etwas, das noch kein Gefühl ist und noch kein Gedanke

und langsam beginn ich zu fühlen und zu denken
dass auch der Obstgarten danach sucht – dass wir
dasselbe suchen, der Obstgarten und ich

Mutter und Sohn

Es ist ein Weiher irgendwo, schreibt Ovid,
der einmal eine Mutter gewesen ist
»sie schmolz dahin in Tränen«, trauernd
um ihren totgeglaubten Sohn

aber er lebte noch – er hatte den Tod gesucht
indem er von einem Felsen sprang, aber er fiel nicht,
in den Worten von Ovid: »schwebend ward er
in der Luft ein Schwan mit weißen Federn«.

Derlei geschah einst – zuweilen war
die Wirklichkeit so unerträglich
dass etwas geschah, was nicht sein konnte.

Das ist alles, was wir wissen: Mutter und Sohn
vereint – du siehst in Gedanken, wie ein weißer Schwan
gewiegt wird von einem Weiher, und du fragst:
Kennt wohl der Vogel die Trauer des Wassers
und weiß wohl das Wasser, wen es wiegt.

Hier steht Die Rotbuche
mit ihrer endlos langen
Geduld eines Baums.

Hier steht Die Rotbuche
sie sieht und sie hört uns
und hat uns vergessen.

Hier steht Die Rotbuche
für sie ist immer immer
und hier ist nirgendwo.

Nachwort

In seinem Gedicht »Florenz: I cavalli di Leonardo« stellt Rutger Kopland sich Leonardo da Vinci vor, der darangeht, den Muskelapparat des Pferdes zu analysieren und so zu klären, wie sich Pferde bewegen. Er nimmt Zergliederung um Zergliederung vor, skizziert auf Papier zunächst die großen Muskeln der Glieder, dann, in haarfeinen Bleistiftlinien, die Nahansicht des Außenohrs, des Augenlids, der Nüstern. In einem bestimmten Moment wird Leonardo klar, dass ihn sein Vorgehen von rationaler Analyse und Beschreibung kein Stück deutlicher erkennen lässt, wie ein Pferd zusammengefügt ist: Unter seiner Bleistiftspitze breitet sich das Geheimnis des Pferdes nur weiter aus.

Wie Leonardo ist Kopland ein Künstler, der die wissenschaftliche Sicht auf die Dinge nicht von Natur aus als seicht oder töricht betrachtet. »Ich bin ein Objektivist und ein Materialist«, schreibt er in einer Art poetischem Credo. Was aber nützt es uns, Objektivisten und Materialisten zu sein, haben wir einmal erkannt, dass es da etwas gibt im Aufbau des Pferdes und so vielleicht dem der ganzen natürlichen Welt, was sich dem wissenschaftlichen Blick verweigert? Gibt es Wege, den Blick zu erweitern, ohne die Standards zu verletzen, die den wissenschaftlichen Horizont definieren?

Eine Antwort für den wissenschaftlichen Betrachter lautet, von dem Künstler zu lernen. Stilllebenmaler beispielsweise verbringen Wochen, Monate, Jahre damit, Dinge einfach anzusehen – eine Obstschale, eine Blumenvase –, bekunden den Gegenständen somit ihren Respekt und ihre ungeteilte Aufmerksamkeit, rufen ihr ererbtes Geschick zu vielfältiger Erforschung auf und bleiben sich unausgesetzt des Augenblickes bewusst, wenn die Grenzen der Darstellung erreicht sind und das Mysterium des Gegenstands selbst ans Licht tritt, bevor sie diesen Augenblick (paradoxerweise) zum Angelpunkt machen, auf welchem sich das Kunstwerk dreht. Die Dinge sprechen zu uns nicht von sich selbst, sagt Kopland, sie bestätigen bloß, »dass sie immer schon da waren, da sind und immer dasein werden, und sagen somit über uns, dass wir aus Zeit geformt sind«. Seit den 1980er Jahren rücken Zeit und Vergänglichkeit mehr und mehr ins Zentrum von Koplands Anliegen. Erinnerungen an die Kindheit werden schärfer, an eine Kindheit, als es kein Bewusstsein für die verstreichende Zeit gab, für Geburt und Tod, für Existenz und Inexistenz – in anderen Worten: als das Kind dieselbe Art von Bewusstsein teilte, das die natürliche Welt von sich selbst hat. Angesichts dieser entschwundenen Vergangenheit äußert Kopland keinen Hauch nostalgischen Verlangens – dafür ist er zu sehr Stoiker –, nur die Traurigkeit darüber, dass die Welt so sein muss, wie sie ist, eine Traurigkeit, die unvermeidbarer Teil des Lebens auf der Welt, der Liebe zur Welt wie der Erkenntnis ist, dass man sie hinter sich lassen wird.

Es gibt Momente, in denen sich Kopland zurückzieht von der Position des materialistischen Hardliners, dass die Welt bloß eine Ansammlung von Atomen sei, zusammengehalten von Naturkräften, und sozusagen zum Pantheisten wird, der alle Dinge als seelenerfüllt gutheißt. »Wir sind Teil der Erde und die Erde ist Teil / von uns selbst, die Blume unsere Schwester, das Pferd unser Bruder«, schreibt er, in Worten, die an die großen elegischen Äußerungen der amerikanischen Ureinwohner gemahnen. Wo die menschliche sich von anderen Seinsformen unterscheidet, findet sich das im Blick des nicht-menschlichen »Alles ist gesehen und alles vergessen«, während wir Geschöpfe der Zeit sind und daher der Erinnerung, die in ihrer höchsten Intensität eine Form der Liebe sein kann.

Wir tragen in uns, jeder von uns, eine Fracht von Erinnerungen an Dinge, die längst zu Staub zerfallen sind – eine quietschende Wippe auf einem Spielplatz irgendwo in der Provinz Drente in den 1930er Jahren, einen Löwen auf einem Karussell mit einem rostigen Sattel auf dem Rücken –, Erinnerungen, die für immer vom Erdboden verschwinden werden, es sei denn, irgendjemand, jemand von uns, hält sie auch weiterhin lebendig. Die wichtigsten unter ihnen sind Erinnerungen an uns selbst zu einer Zeit, da wir als Kinder außerhalb der Zeit lebten. Bis der Tag kommt, wenn wir der letzte Mensch auf Erden sind, der sich an jene Wippe, jenen

Löwen erinnert, wenn da keiner mehr übrig ist, um sie zu teilen, außer den vertrauten Toten, mit denen unsere traulichsten Gespräche anheben. So gesehen ist dann der Tod nicht eine Auslöschung des Ich – das ist nicht wichtig, es passiert jedem von uns –, sondern die Auslöschung einer geliebten Welt.

J. M. Coetzee

Danksagung

Unser herzlicher Dank für ihre übersetzerische Unterstützung gilt Monique de Waal, Berlin, sowie Floris Scheplitz, Gouda.

Mirko Bonné und Hendrik Rost

Inhalt

Edition Lyrik Kabinett bei Hanser

Herausgegeben von Ursula Haeusgen,
Michael Krüger und Raoul Schrott

Ranjit Hoskoté
Die Ankunft der Vögel
Gedichte
Herausgegeben und aus dem Englischen von Jürgen Brôcan
112 Seiten. 2006

Christoph Meckel
Seele des Meeres
Gedichte
80 Seiten. 2006

Charles Simic
Mein lautloses Gefolge
Gedichte
Aus dem Amerikanischen von Wiebke Meier
120 Seiten. 2006

Haris Vlavianos
Nach dem Ende der Schönheit
Gedichte
Aus dem Griechischen von Torsten Israel
Mit einem Nachwort von Joachim Sartorius
104 Seiten. 2007

Derek Walcott
Der verlorene Sohn
Ein Poem
Zweisprachige Ausgabe
Aus dem Englischen
und mit einem Nachwort von Daniel Göske
214 Seiten. 2007

Jan Volker Röhnert
Metropolen
Gedichte
112 Seiten. 2007

Pere Gimferrer
Die Spiegel. Der Öde Raum
Gedichte
Zweisprachige Ausgabe
Aus dem Katalanischen von Axel Sanjosé
140 Seiten. 2007

Uroš Zupan
Immer bleibt das Andere
Gedichte
Aus dem Slowenischen von Fabjan Hafner
96 Seiten. 2008

Lars Gustafsson
Die Sonntage des amerikanischen Mädchens
Eine Verserzählung
Aus dem Schwedischen von Verena Reichel
96 Seiten. 2008

Der Wortlaut der niederländischen Originale folgt:
Rutger Kopland, »Verzamelde gedichten«,
Uitgeverij G. A. van Oorschot, Amsterdam 2006

Wir danken der NLPVF (Foundation for the
Production and Translation of Dutch Literature)
für die Förderung der Übersetzung.

Foundation for the
Production and
Translation of
Dutch Literature

1 2 3 4 5 12 11 10 09 08

ISBN 978-3-446-23071-2

Einbandgestaltung und Photographie:
© Peter-Andreas Hassiepen, München
Satz im Verlag
Druck und Bindung: Kösel, Krugzell
Printed in Germany